snow thaw

河村　優々

Yuyu Kawamura

目次

第一章・・・・・・・・・・・・4
第二章・・・・・・・・・・・・14
第三章・・・・・・・・・・・・34
第四章・・・・・・・・・・・・52
第五章・・・・・・・・・・・・64
第六章・・・・・・・・・・・・78

あとがき・・・・・・・・・・・94
解　説・・・・・・・・・・・・96

第一章

第二次世界大戦は、一九三九年から一九四五年まで続いた。国民は、飢えと戦闘機から飛んで来る弾丸に震えていた。

若い力は、戦争に駆り立てられ残った女性達は、家族を守り、働き手のいなくなった鉄道の仕事など力仕事を引き継いでいった。

茂美は六人兄弟の四番目。上に兄二人、姉一人、下に弟と妹がいる。

父親は、時々来る山の仕事と自分達が食べる位の田んぼの仕事をし生計を立てていた。

戦争も末期に入り、長男は自発的に戦地に志願し、次男と三男の茂美が家を守った。

この日本中の飢餓と、目の前に押し迫る死への恐怖に人々は痩せこけ栄養失調になり、結核も蔓延しかねないという状態が続いていた。

一九四五年、戦争が終わった。

敗戦という形で終わりを告げられた。

長男の新一が戦争から戻って来て家族に伝える。

「自分は、直接戦地には行かなかった。船の中の甲板で掃除をし船の中の底で働いた。一番酷い所はトイレだった。地上に上がると穴を掘った。死ぬ程辛い仕事ばかりだ。俺は思ったんだけど、恐いのは戦争そのもの、人間そのもののなんだ」

語っているうちに、涙が溢れて少し前の悲惨な出来事に想いを馳せているようだった。

新一は尋常高等小学校卒業後、すぐ奉公に出た。町の米問屋の仕事に就いた。

米一俵を隣り村まで運ぶ仕事であるため、背が伸びない。

隣り村からの戻り道、夢中で本を読んだ。

友達から本を借り、学校からも借りて読んだ。元来、勉強が好きで町でも評判の頭の良い男だった。

三男の茂美もまた頭が良く成績優秀でクラスの級長をし、みんなをリードするような男の子であったが家が貧しいため、兄と同じように学校卒業と同時に酒問屋に奉公に出た。

奉公先は、家から遠く、鉄道で二時間もかかる所であった。

父親と二人で列車に乗り、席に座って向き合う。

「茂美、ごめんな。家が貧乏でな。お前も学校に進みたかったろうがな、まだ下に二人子供がいる。辛い仕事だと思うけどな、いい旦那さんだそうだ。お前の他に、もう一人奉公に来ている子がいるそうで、その子も学校を出て直ぐ働きに出されているそうだ。仲良くするんだぞ。旦那さんの言う事を良く聞いてな」

茂美はコックリ頷いた。

「うん、そうするよ。進学はいいよ。本を読んでいた方がいい」

父親に本心を悟られないよう気を付けて話をした。

昼過ぎに酒問屋に着いた。

おかみさんがおにぎりを作り出してくれた。親子は有難くて、おにぎりを頬張りながら頭を下げた。父親は淋しそうに後ろを何度も振り返り、帰って行った。

茂美は少し恐くて震えていたが親方が声をかけてくれた。

「風呂に入ってゆっくり休みなさい。もう一人奉公に来てくれている光一という男の子がいる。その子と明日から仕事を始めるけどいいかな?」

茂美は明るい声で

「はい頑張ります。よろしくお願いします」

と嬉しそうに返事をした。

光一は茂美より二日早く来たばかりだが布団を出して二人で寝られるよう準備してくれた。

二人は顔を見合わせて「よろしく」と笑顔で挨拶した。お互いの境遇が似ているためか淋しさも半減した。

朝は挨拶をし、おにぎりと味噌汁という実家では滅多に出ない食事をし、仕事を始めた。一升瓶を店に運び空の一升瓶を酒問屋に持って帰る。飲み屋に酒を運ぶという毎日の繰り返しである。

色々な酒が出始めた時は間違いのないようチェックし伝票の通りにする。

そうしないと直接旦那さんに苦情が行ってしまう。

光一が間違えてしまった時は親方が頭を下げに行き、少しサービスさせてもらいますからと後始末をしていた。

旦那さんは二人に勉強してもらいたいと思い夜間の学校の話をした。

茂美は嬉しそうに行きたいと希望を言い、光一は「茂ちゃんが一緒だったら行きます」と伝えた。

二人は、毎日疲れ果てていたが夜間の学校へ行くと仲間と会えるうえに勉強も楽しい。それに光一は計算が出来るようになった。

茂美の兄から手紙が来た。

警察に受かった、合格したぞという内容である。茂美は嬉しくて一人泣いた。

兄貴は頭が良かったからと誇りに思う。

困っていたらお金も送る事が出来るからと嬉しい事ばかり書いてあった。

この酒問屋には娘が二人いた。

京子と綾子という姉妹で、正反対の性格である。京子は優しく礼儀作法の凛々しい成績の良い娘で、一方の綾子は親に反抗し気の強い所はあるが、美しい女性である。

この二人の姉妹に茂美と光一は憧れのようなものを感じていたが、奉公人ゆえ口をきくのも遠慮しなければいけなかった。

時々京子が茂美に勉強を聞いて来た。

茂美が教えてやると京子は、お礼に歌を歌う。澄んだ声は茂美を釘付けにし、この人のためだったらどんな事でも出来ると思ってしまう。光一は泣いてしまった。

一方の綾子は奉公人と話をする事は無い。

それどころか遠くの店まで行ってケーキを買って来て欲しいとか、習い事に一緒に来て終わるまで待っていなさいと言い付け、従わないと旦那さんに言い付けたあげく食事を抜きにされる。

ある日、光一は綾子のお伴をした。

英語のレッスンの付き添いで待っていたが、なかなか戻って来ない。別室で待っていたが中の様子を見てみると、男性と抱き合っている。

「もう離れたくない」

男子学生が言うと、綾子は泣きながら「私も」と言っている。

相手は男子高校と思える程女生徒のいない学校へ通う優秀な生徒である。

一方の綾子は女子高校へ通うお嬢様だ。

二人を見てしまった光一は驚いて立ちつくしてしまった。

綾子が気付き

「光一、何故見た。まだ英語の勉強は終わっていないんだから。お前外に出て待っていなさいよ」

光一は項垂れて店に戻り茂美に相談した。

茂美は綾子を迎えに行き
「綾子さん、光一と一緒に帰ってもらえませんか？　光一が泣いて帰ってきました。このままでは旦那さんから叱られてしまいます」

「茂美、じゃあ彼の事は内緒だよ」

「はい、決して話しません」

光一も茂美もこの事を旦那さんに内緒にしていた。

綾子は卒業と同時に、この男性と一緒に出て行ってしまい、旦那さんと奥さんは途方に暮れ毎日オロオロして泣いていた。

京子が茂美に綾子の行き先を教えて欲しいと懇願しても「分からない」と茂美は答え、毎日の仕事を忙しそうに切り盛りしていた。

そんな折、京子に縁談が持ち上がった。

相手は小学校教師。優しそうで京子がこの男性に惹かれて行っているのが分かる。

デートで夜少し遅くなると茂美が家の少し前まで迎えに出ている。

「お帰りなさい、京子さん」

「迎えに来なくていいのに。彼がいるから大丈夫よ」

茂美が頭を下げ項垂れて京子の後から着いて行く。

少し涙目になっているのを、京子は気付いているが、おかまいなしに歩く。

京子は結婚し、三ヶ月後には妊娠し男の子を出産。三年後にも男の子を産んだ。

この二番目の男の子が俊である。

茂美は相変わらず店の仕事を一手に引き受け重い一ダースケースを次から次へと運んで行った。

家を出て行った綾子は隆という学生と幸せになるべく二人で一緒に外国人が来るバーで働き始めた。

英語の得意な隆は日本の文学を英訳し海外に出版する仕事をし始め、綾子もバーでお酒と料理、コーヒーを出し暮らしていたが、二人の間に溝が出来始めた。

隆に女性が出来たのである。

仕事でその女性に相談しているうちに隆の外泊が多くなった。綾子は隆を付け始める。

仕事が終わると二人一緒に一つのアパートに戻って行く。

綾子がその部屋のドアをノックする。ドアた開くと夫が女と居た。

「隆さん、私の他に部屋を借りる女がいるの」

そう睨むと女に向かって
「あんた、私の男を取る気?」

女は
「知らなかったんです。隆さんにあなたがいるなんて。私、子供がお腹にいるんです。隆さんの子供です。許してね。別れてください。隆さんと……。隆さんもあなたのわがままには付いて行けないとここに来るようになったのよ」

綾子は隆にぶつかって行き隆を叩き始めた。

「私と一緒になるんでしょ、裏切ってどうするのよ、私が不幸になってどうするのよ」

そう叫びながら自分が鬼畜になっていくのが分かった。抜け殻のように歩いて一人住んでいる部屋に戻り、次の日また二人の住んでいるアパートへ辿り着くとドアを叩いた。

「開けなさいよ。開けないと警察呼ぶわよ」

ドアをあけた隆が涙ぐみながら

「綾子、ごめんな。許して欲しい」

「隆さん、あなた程優しい人は、いないけどあなた程人を奈落の底につき落とす人は、いないわ」

綾子は立っているのがやっとのようにふらふらしながら佐野酒問屋の方へ歩き始めた。

綾子を茂美と光一が出迎えた。

「綾子さん、良く戻って来ました。良かった。旦那さんも奥さんも心配していましたよ。良かった良かった」

戻った日から綾子は暫くの間、誰とも口を効かず会う事もしなかった。

第二章

茂美の兄の新一は、結婚をし女の子三人を儲けた。

三人目の女の子を優美と名付けた。

この優美と茂美の奉公先の京子の子供、俊とは、同じ年に産まれている。

当時、警察官には転勤のたびに、家族と一緒に引っ越ししなければいけないという決まりがあった。

長女と次女は、どこの小、中学校へ転校しても成績優秀で、親は鼻が高い。

親の言い付けを良く聞き各学校でクラス委員をし、さすが山田さんのお嬢さん、と町で評判になる。

ところが優美は虚弱体質で何が気に入らないのかよく泣いていた。

優美が二歳になると母親が病気になったこともあり母親の実家に預けられた。

祖母は優美があまりに泣いてばかりいるため常におんぶする。

「さあ、優美ちゃんご飯にしましょ」

と降ろすと
「いやー」

と泣く。

それでも降ろしてご飯を食べさせようとすると食べないとごねてしまう。

祖母が
「じゃあ優美ちゃんは一体何を食べたいの？」

と聞くと、とにかくおんぶとせがむ。

祖母は、もうくたくたで倒れそうになる。

優美は、それでもおんぶ、おんぶ、おんぶなんだよとせがんで困らせる。

父親と姉二人が優美の様子を伺いに来た。

優美が一緒に帰れると思い祖母に、じゃ、ばあちゃん帰るからと手を振ると祖母は
「まだなのよ、まだ帰れないのよ、優美ちゃん」

するとと優美は

「ばあちゃんなんかキライだ」

とギャーギャー泣いて姉の足にしがみ付く。

姉達も泣いてしまった。

「優美ちゃん、もう少しの我慢だからね」

そう言って泣きながら父親と帰ってしまった。

それから一ヶ月して母親と家族が迎えに来ると今度は、祖母の背中にしがみ付いて
「イヤだ、行かない」

とわがままを言う。

優美にとっては預ける方が悪いのだから、これは報復なのである。

優美が小学校三年の時、雪深い田舎町に転校になった。

秋田県の南に位置し一月頃には屋根まで雪が降り積もってしまう。寒いのは当たり前であるが雪で覆われているため風は、さほど強くなく、少し暖かい。

子供達は良く外で遊んでいる。

ここは農家が多い。スイカが旨いのである。スイカと共に育ったと言える程スイカが好きな

優美である。

転校して少し慣れて来た優美が、友達に誘われて草野球を始めた。

男の子達に
「入れて」

とお願いしてもすぐには入れてくれるはずもない。

「優美ちゃんは入れないよ。だって出来ないでしょ」

優美は隠す事なく
「うん」

と返事する。

それでも女の子達は
「やってる内に上手になるよ」

と誘ってくれた。優美は草野球に入れると思うと、その嬉しさで天にも登る気持ちになってしまった。

だがいざ遊んでみると空振りばかり。

ボールをキャッチする事も出来ない。

見えなくなったボールを夕方まで捜して見つけてやっと帰る。

ある日、母が夕方になっても帰って来ない優美を迎えに来ると、一人でボールを捜している。

「優美、だめでしょ。こんな夕方になるまで帰って来ないなんて」

優美は少し涙ぐんで
「だって見つけないと、明日またみんなと野球出来ないよ」

母も一緒に捜し始めた。

「はい、優美ちゃん、ボール見つけたわよ」

「うん」

優美の顔は土で汚れ、三つ編みの髪には砂が付いてズボンの膝がすり切れ、一般的な女の子の容姿とはなんとも掛け離れている。

その汚い顔で、笑顔いっぱいに母親に向かって
「明日も野球が出来るね、お母さん」

二人は手を繋いで帰って行くのである。笑顔いっぱいで。

学校が終わると毎日、ランドセルを草むらに放り投げ遊び始める。

担任の八戸先生が帰り道、その草野球を見てくすくす笑いながら
「さようなら、みんなぁ暗くならないうちに帰るんだよ」

と言いながらまたハハハハと笑う。体育の時間八戸先生が
「みんなぁ何をしたい？」

と聞いてきた。

ドッジボール、バスケット、鬼ごっこ、野球……。みんなは思い思いの遊びを言い始めると
八戸先生が言う。

「じゃ、いつもやっている野球をしようか？　あっ草野球ね」

みんなは、

「はーい」

とすぐ外へ出てフライやゴロをとる練習、キャッチボール、打撃の練習を始める。

優美は四年生になると草野球のレギュラーになれるくらい上達していた。

一つ問題が出始めた。ピッチャーも内野手もいつも男の子達で占めている。ポジションが変

わらない。

女の子達は、また外野だねと思っている。

そこで優美はリーダーのトオルに
「たまには私達女子も外野以外の所をやらせてよ」

というとトオルがニヤッと笑っていいよと少し見下した目つきをしてピッチャー、一塁、三塁を女子に譲ってくれた。

男の子達は出来っこないと笑っていたが、女の子達は長嶋茂雄のように走りながら投げ、王貞治のように一本足打法で大きなフライを上げたりで、男の子達の笑い顔が無くなって来てしまった。四年生になってから隣り町の子供達が学校を通して試合を申し込んで来た。

相手は全員男の子達。たかが草野球。

しかしながら優美と仲間は勝ちたい。

勝ってみたい。みんな緊張し始める。

八戸先生は言う。

「みんな顔が恐いぞ、どうした？」

リーダーのトオルが
「先生、俺達練習もしていないし、女子達も入って遊んでいるから負けるよ」
と叫んだ。八戸先生は
「いいんだよ、負けても。勝とうと思ったの？　みんな遊んでいるんでしょ。その時と同じでいいんだよ」
八戸先生はくすくす笑いながら少し涙目になっている。みんなの顔が強張っているなぁと思い
「相手チームの先生が女の子を入れて草野球やっているみんなとお友達になりたいって言ってね。試合だけど勝っても負けてもみんなを弱いチームだなんて思わない、素晴らしいチームだから試合をぜひお願いしますって言って来たんだよ」
優美が言った。
「ハーイ、分かったよ先生、遊びだよ、遊び」
そして試合が始まった。
相手チームは整列して

「お願いしまーす」

と大きな声を出して挨拶するが優美のチームはニコニコするばかり。そういう始めの挨拶を知らない。

先生だけが言った。

「あっまだ挨拶の練習してなくてね。よろしくお願いします」

みんなも照れくさそうに
「しまーす」

とやっと声を出しそのあとフフフと笑う。

トオルがポジションを決める。

優美はいつも通り外野。

トオルがピッチャー、キャッチャーは角（かく）。

優美と仲良しの優しい角。

試合が始まると外野の優美がだんだん前に出て二塁のタカシと相手の子を追いかけ始めた。

先生達はゲラゲラ笑う。

「優美、外野を守れ！」

角が大声を出した。

優美は

「あ、ぅん」

と返事をするが、気持ちは、こうである。

だってここにあんま、ボール来ないから追いかけようと思うよ、そりゃあ。

角ちゃんは、かくれんぼの時は優しいから、かくれんぼだけしようかな、そう思いながら外野へ戻る。

相手チームのリーダーが、トオルに尋ねた。

「ちゃんと教えないの？　ルール」

トオルは答えた。

「俺達、追いかけっこ野球だから」

そうこのチームは、追いかけっこありの草野球。タッチを相手にするとアウトである。

角と男の子達が試合後、負けたのが悔しくてトオルに言って来た。

「俺、負けるのイヤだ。女の子を入れたくない」

トオルは言った。

「俺、遊びでいいから女の子達も入れたいし負けたのは女の子のせいじゃないよ」

仲良しグループが初めて仲間割れをしてしまった。この状況を八戸先生は、しっかり受け止め
「みんな勝ちたいし試合もしっかりやりたいし、じゃあどうしたらいいと思う?」

草野球チームで女の子のリーダーの明美が答えた。

「女の子も入って試合に勝てるようなチームを作って行ったらいいと思う。だから女の子が放課後残って練習したらいいと思います」

「うん、そうだね。そうしよう」

みんなも賛成した。

今度は草野球で男の子達の中に入るための練習ではない。

小学四年から六年生の試合をするための練習。

フライキャッチの時は、

「ボール打ったら前へ出ろ！　いいか」

角とトオルが中心になって教える。

バッターになったときの打ち方、立ち方、基本的なルールまで。

小学五年になると、また他校のチームから試合の申し込みがあった。

トオルがポジションを決める、優美は一塁、嬉しくて飛び上がりそうだった。

王貞治のポジションだ。優美の所にみんなからボールが来る。

〝よし全部キャッチしてやる〟そう決意も固く試合に望む。

八戸先生が

「じゃ、みんな並んで」

そう叫ぶとみんな一列に並び一斉に

「お願いしまーす」

綺麗に声も揃う。

優美の活躍は目を見張るものがあった。

みんなからのボールをキャッチ。

打っては必ず塁に出る活躍である。

終わると整列して

「有難うございました」

挨拶もしっかり出来るチームになっていた。

家に戻ると母親が聞いて来た。

「勝ったの？」

「ハハハ負けた。いつもと同じ」

六年になると父の転勤で少し大きな町に引っ越しする事になった。

姉達は相変わらず賢く、隣り近所で評判のお嬢さんに育ち、女子高では生徒会長にまでなってしまうという才女ぶりを発揮していた。優美はというと、相変わらず転校などしたくないのに引っ越し命令を下した警察が悪いと学校を休んで報復しだした。

小学校に別れを告げる時、辛くて泣いた。トオルも角も、女の子達も泣いた。

泣きながら優美に言う。

「今度は相手チームとして試合出来たらいいね」

「うん、絶対にそうする。よーし負けない、頑張る」

迷わず優美はそう応えた。

トオルが笑いながら
「女の子だから入部出来るかどうか分かんないけど優美だったら頑張っちゃうよね」

あんな風にみんなに伝えて別れて来たのに、無理だと思った。草野球どころか友達すら出来なかった。

転校して三ヶ月過ぎころ一人で壁当てをしていると
「前の学校でソフトボールか野球やってたの？」

そう聞いてきた女の子がいた。

「うん、いつも遊んでいた」

聞いてきたのは、ちっちゃい女の子。

恵子とみんなに呼ばれる元気の良い子。

すぐ気が合ってしまった。

放課後、校庭でキャッチボールを二人でしているとクラスの女の子五、六人が

「入れて」

と言って来た。

「うん」

二人は顔を見合わせて顔中笑顔で答え二手に別れ野球を始めた。

優美は嬉しいこの気持ちをどうみんなに伝えたら良いものか分からなかった。そこでキャッチャーを自分がすると伝え、八戸先生が優しく教えてくれた通り練習し、また以前リーダーのトオルがしたように追いかけっこ野球になっても注意しなかった。

みんなは、お腹をかかえ笑い出す。

男の子達は入ろうとせず笑いながら見ているだけ。でも楽しそうで嬉しそうで子供の世界なのである。

いつものように一生懸命遊んでいると、悦中がホームランを打ち学校のガラスを割ってしまった。

悦中は背の高い頭の良い女の子。

本当は悦子という名前で、みんなは悦ちゃんと呼ぶが草野球をしていると悦中になってしまう。その方が声が届く。

優美は、野球を教えた責任とガラスを割ってしまった責任を一人でかかえ、思わず泣き出してしまった。

みんな優美を囲み逃げようかどうしようか相談していると、「おっ」と美恵子と房子が言った。

「謝らないと、もう野球出来なくなるよ。みんなで行こっ！」

みんなで先生の前へ行き整列し

「すみませんでした」

と謝ると

「あっそう。割っちゃった。よく飛ばしちゃったね」

と笑いながら言う。傍で見ていた校長先生が言った。

「ガラスに触らないでね。ボクが片付けるからね。フフフ元気がいいね」

ガラスを割ってからは気を使ってしまい打てなくなってしまった。けれど女の子の友達が沢山出来たのである、この草野球で。

中学になると部活動が始まる。

迷わず優美は野球部に申し込んだ。

担任の岡田先生は野球部顧問であった。その岡田先生がクラスのみんなの前で優美を呼んで聞いて来た。

「君は野球部に入りたいと申し出ているけど、どうして？　男子しか入ってないよ。マネージャーだったら、まだ空いてるよ」

「マネージャーさんは野球出来ないじゃないですか。私は小学三年から今まで草野球ですが、男の子と一緒にやっていました。公式試合で女子は出場出来ないと言われるんであれば応援しています。邪魔は、しません。入れてください」

「うーん、今まで無かった事をするのは、少し大変でね。ご両親には伝えてあるの？」

岡田先生は少し困った顔をし意地悪な事を言って来る。

優美は、クラスのみんなに聞こえるくらい大きな声でこう答えてしまった。

「うちの親は私のクラブ活動まで口出ししません。それに野球部に入部した一年生の男子生徒より私の方が断然上手いです」

みんなは驚いて優美を見る。

岡田先生は少し呆れ顔で
「そうか、じゃあ今日から一緒に練習しようか」
優美は、嬉しくて飛び跳ねた。クラスのみんなは拍手してくれる。
その日授業終了後、先生と一緒に部室に入って行くと
「みんなよろしくな。女子だけど小学三年から野球をやっているそうだから、入部したての一年生より上手いみたいだ」
優美が困る事を岡田先生は言い始める。でも元気に
「優美です。よろしくお願いします」
そう挨拶すると部長も応えた。
「あっ、よろしく。今日から一緒に練習しよう」
優美は一礼する。
この日、一緒に入部する俊という同じクラスの男子生徒も一礼した。
俊は驚いて
「一緒のクラスじゃん。なんでお前入れるの？　マネージャーさんじゃないの？」

と聞いてきた。優美が
「野球しかないから」

と応えると
「結構先輩達、厳しいみたいだよ。いいの？」

心配そうな顔をしている。

うんと返事をした優美だが心の中では思うのだった。〝分かっているよ、そんな事。今まで一杯泣いて来た野球だもの。でも一杯友達出来るんだ、この野球。〟

実は俊は酒問屋の老舗の京子の次男として産まれたあの俊だ。奉公人を三人も抱える大きな店の息子である。茂美と光一の働いている店でもある。

優美は父から茂美の仕事先の事は何も聞いていないし知らずに育った。茂美は優美の叔父にあたる。

茂美の奉公先の娘京子に男の子しか産まれなかったため優美を養子に貰いたいと懇願された事もあった。

兄の新一は弟のために優美の様子を見て決めるからと伝えていた。

京子は優美という女の子を見たい気持ちを抑え切れず俊を連れて山田家を訪れた事がある。優美と俊が四歳の時であった。

暑い日である。

水風呂で遊んでいると俊も一緒に遊ぶと言って入ってきた。

風呂の中で俊は優美の可愛さに抱きついてしまった。慌てた優美は俊を突き飛ばし風呂から出て水着を着ると母親に伝え、水着を着て入って行った。俊は驚いて何が悪いのか分からず泣いていた。泣いていた俊に優美は、

「はい、お待ちどうさま」

と言い、今度は優美の方から抱きついてあげた。

京子は、その可愛さに感動し

「ぜひ私達に優美ちゃんを育てさせてください」

と頭を下げ帰って行った。

その俊と一緒のクラス、それに野球部も一緒となるが、二人は昔のなりゆきを全く知るよしも無く、毎日の学校生活を過ごし始める。

第三章

ここ優美と俊が暮らす横手には、お城がある。雪も多く降り積もる。冬の祭りには、梵天(ぼんてん)があり、かまくらなどが作られる。

梵天は血気盛んな若者達がホラ貝を吹きながらジョヤサー、ジョヤサーのかけ声で神社に我先にかけ込む祭りである。

かまくらは、雪が多い地域の人々が水害に遭わないよう祈願してつくる。子供達が、かまくらの中でお餅を焼いて食べたり甘酒を飲んだりする。豪雪の中でも楽しく過ごし春に向けて元気に育つよう祈り伝える行事である。

この梵天と対象的な祭りが隣り町、湯沢で行われる〝七夕絵どうろう祭り〟という夏祭りである。絵どうろう祭りは、秋田藩佐竹南家のお殿様に京都よりおこし入れのお姫様の京への郷愁を、五色の短冊に託した事が始まりとされる。

京の女性の浮世絵や美人画が描かれている数百の絵どうろうが夜空に輝く。

　またこの湯沢市から岩手に近い田沢湖では、生保内節盆踊りという奇妙な祭りがある。黒い布で顔を覆い、目だけ出し踊るのである。現在は傘を深くかぶり顔を見せない踊りで、おもしろくもなんともない踊りだと優美は思っていたが、日本三大祭りの一つと聞いて驚いてしまった。

　しかしながら、なんとなく納得したのは、閉鎖的になってしまう豪雪で、人と人とのコミュニケーションが取れない土地柄だからではないかということだ。

　自らを守る手段がこの黒い布なのだろうと思える。

　母や祖母が言うには、

「ああ、あの踊りはねぇ、羽後の殿様が、すけべなもんで、綺麗なおなごを見つけては、城に連れて行っては、いやらしい事するもんで顔見せないんだよ」

　秋田の雪深い山合いで育ったおなごは美しい。湯沢のこの祭りには京美人と今では秋田美人の絵姿が整揃いする。

　その祭りと相反する勇壮な横手地方の祭りの青年を想い浮かべる。

　昔々の男女が魅かれ合う祭りを、村を上げて今では町を上げて作っているのだろうか。

ロマンを感じる。

そんな環境で育った優美であったが、幼い彼女は、少し他の楽しみ方、つまり自分なりの楽しみ方があって祭りに参加するのである。

横手の梵天には若衆達のうしろに縄がくくりつけられている。

「ねえちゃん達も神社に行くかぁ」

とかけ声をかけられると
「うん、行く」

と縄をしっかり持ち、付いて行く。

「それ！　行くぞ」

のかけ声と共にかけ足で神社に走り込むのである。

子供達は、みんな歓声を上げる。

湯沢の絵どうろう祭りでは、夜店がずらりと並ぶ。この日ばかりは、お金を握りしめ買い物に忙しい。

生保内では踊りを見ているのは暇である。

そとで特産のスイカを食べる。甘いスイカを食べに行くのである。

さて野球部には入部出来た優美であるが練習を始めると俊以外の部員は、女子とキャッチボールをしたがらない。

俊の上手さは、キャッチボールをしていて分かる。

キャッチボールというのは相手の事を考えながら返す。優美が女性であるという事を十分意識している。

優美には嬉しくないキャッチボールである。

むしろ〝しごき〟という千本ノックの方が有難い。

先輩は怒鳴り、出来ない時は何度もさせられる。

体が思うように動かなくなると自然に涙が出てくる。辛いのではない。

申し訳なく思えて来るのである。女の自分に付き合ってくれる先輩に。

涙は見せられないが自然に流れてくる。

分かっていた。分かっていた事だ。

女の子が生意気な事を言って入部したのだから、こういうしごきは当然だと優美は耐えていた。

　彼女の顔目がけボールが飛んで来た時は、さすがに一年生の仲間が抗議した。

「もう許してください。優美は、もう立ち上がれません」

　優美の忍耐が切れた。

「うるさい！　まだあと半分ノックが残っている。離れてよ。このくらいの事で涙を流してしまってごめんなさい。先輩お願いしまーす」

「おう」

　先輩は大声を出し、続ける。

　終了すると一歩も前へ足を出せない。

　体が足元から崩れる。俊が走り寄り
「大丈夫か？　俺の肩に捕まって」

　男同志、仲間同志のように有難うとお礼を言い捕まる。

　冬は雪の上で滑り込みの練習をする。

　そろそろ梵天の時期である。

町中の若者達が梵天を担いで神社にかけこみ奉納する。

優美とその仲間は見学するつもりでいたが、若衆達が声をかけてきた。

「おう、姉ちゃん達、一緒に梵天担ぐぞ！　それ行くぞ」

一緒に勢い良く神社に向かった。嬉しくて
「ヤッター」

と叫ぶ。

かまくらを見に行くと
「お餅食べない？　甘酒もあるよ。飲んで行きなさい」

と誘われて、女の子達でキャーキャー騒ぎながら飲み始める。

みんな酔って来るような感じがして
「あのー、この甘酒、お酒入っていませんか」

そう聞くと、おばさんが笑う。

「うん、少し入っているよ。飲み過ぎると学校の先生が怒っちゃうよ。ハハハハハ」

何、酒入っているの？

旨すぎて止められない。みんなは顔を見合わせた。

「嘘だよ。甘酒は麹で出来ているから酔わないってお母さんが言ってたもん」

悦中とおっくと美恵子と恵子も一気に飲んだ。入っていないはずのお酒なのに、なんか酔っているような不思議な気分である。

優美は野球部の先輩の愚痴を言い出した。

「あんなに千本ノックなんかしちゃってさあ大きく右、左に揺さぶって、わざと動けなくするんだ、あの一個上の先輩」

「うん、そんな感じだね」

「みんな入部しない?」

優美が誘うと、さすがに野球の仲間である。優美だけがきついしごきを受けていると思うと、じっと見ているわけには行かなくなった。

「私、入ってみようかな」

おっくが言うと美恵子も他の仲間も入ってみたい、そう声を出した。

次の日、四人の女の子達が入部。部員達は仏頂面になりながらもよろしくと挨拶してきた。

三年生が卒業すると二年生中心のレギュラー組に敏和が一年生ながらもピッチャーとして抜擢された。

敏和は、優しくて凛々しくて頭が良くて女子生徒に人気がある。

悦中が敏和に、いつもニコニコ顔で接する。キャッチボールの相手も敏和がしてくれる。ファーストは俊、打者になっても打ちまくる。優美も負けずにレギュラーの座を目ざしていた。

「みんな集まってくれ、今度新人戦があります。レギュラーを発表しますが公式戦なので女子は出場出来ません。では発表します」

岡田先生が神妙な顔で伝えた。女子達は全員下を向いてしまった。

でもみんな分かっていた事。

「ピッチャーは三年生に加え敏和、ファーストと代打は俊、以上」

ピッチャーは、町でも話題になる。三振を取ると目立つからだ。

このときは県大会にまで出場した。下級生と補欠組は大きなバックを持つ運び屋。

悦中は敏和に声をかけると敏和は笑顔で応える。

「緊張した？　私敏和君が投げる時、絶対勝てるって心の中で叫んでた」

私だって投げられる、勝ち取れる、敏和のフォームは今一だよ。

優美は自分に投げさせて欲しかった。優美は、どうころんでも自分には投球のチャンスが来ないというジレンマに陥ってしまう。

先輩もこのごろは相手にしてくれないので女子と補欠チームで練習を始めた。

悦中と優美は外野、おっくは三塁、恵子はキャッチャー、美恵子は投手。

うん、いい感じだな、このチーム。

悦中は打席に立つとホームランかと思うような打撃力で打ちまくる。

三年になるとレギュラーの発表があった。

「みんな集まって。新人戦出場者の発表をします。ピッチャー、敏和と美恵子、それと二年生の木島。捕手花井と恵子。二年の佐藤もな。一塁俊、外野悦子、三塁今井とおっく」

みんなは驚いてしまった。

優美の名前が出て来ない。

公式戦に女子も出場出来るのに優美が出場出来ないとは。

みんなの視線を浴びている優美は微笑んで

「いいよ、私は。ネット裏で応援するから。悦中はホームラン打者だよ。恵子は美恵子のボールをキャッチ出来るし三塁は、おっくがしっかり守れる。みんな六年生の放課後楽しく遊んだ仲間。私が指導した女子選手だもの。嬉しいよとっても」

俊が優美を見つめ涙目になっている。

「優美、やめるな。やめないでくれ。優美がいないと俺、気が抜けてしまう」

「えっ、お前何言ってんの、勝手に決めちゃったりして。やめる分ないじゃん。しっかり打ってくれないと俊とキャッチボールしてあげないよ」

そう言うと俊に背を向け下を向いて足早に補欠チームと練習に入った。

三年生のみんなは、そろそろ高校受験勉強で部活どころでは、なくなる。それでも野球部員達は続けている。

女子が出場した大会では県まで行けなかった。

次は三年生最後の試合、春の地区大会。

毎日、夕方まで厳しい練習が続く。

先生がみんなを集めた。

レギュラー発表である。

「じゃあ発表します。投手、敏和と二年生の林」

次々と呼ばれて行く、最後に外野、

「山田優美」

そう呼ばれた時、嬉し涙が溢れて来た。

女子全員と顔を見合わせると、みんなかけよってきた。

「優美、良かった。凄いね。男子ばかりかと思って聞いていたけど最後に名前呼ばれて嬉しいね。頑張って来て良かったね」

「私も出場出来ると思わなかった、頑張る」

俊は下を向いて泣いてくれた。

優美は、俊に負けない、絶対打ちまくってやる、そう決意した。

しかし、その後悦中とおっくと恵子が退部してしまった。勉強するとは言わなかったが遅れを取り戻すのだろう。

優美はボールが見えなくなるまで練習した。

家に辿り着くと倒れ込んだ。母親が

「もうやめたら？　どうせ出番なんかないわよ」

「そうだよ。分かっている。でも私がやめたらみんなの士気が下がってしまう」

試合の日になった。

優美は始めて公式試合でグラウンドに立つ。

対戦相手は小学校時代の草野球チームの仲間、角とトオル。

トオルは外野、角は投手。

評判通りの投げ方をする。

内角を攻め続け打席近くで音をたてる。

捕手がキャッチする時、ズバッと音がする。

重そうな球を投げる。

試合の始まるホイッスルが鳴り整列した。

角とトオルと目が合った。

〝優美は気の強そうな顔になったナァ〟そう二人は思っているようだ。

向き合った優美は二人を見つめニヤッと笑った。

〝負けない〟そういう顔をした。

公式戦で初めての打席。

一回目は見のがしの三振。俊が言う。

「優美、打てなそうでも空振りしてもいいからバットを振るんだ。その内ボールに慣れてくる」

分かっているよ、そんくらい。全くうるさい。俊も打てないくせに、人にアドバイスして来てさ。

それでアウトになったら責任取ってくれんの？　そう言いたくなるのを抑えて笑顔で応えた。

「うん、そうする」

二回目の打席。

コーチからバッドに当てるだけでいいと命じられる。その命令に従うつもりで打席に立った。

でもマウンドのちょっと土盛りしている場所に立っている角を見て、気が変わった。

角の弱点を突く。

あいつは気が短い。

長く打席に居てやる。私が小学校の時から勝つパターン。優美は粘った。

ツーストライクで十一回のフライを上げファールにした。次の投球、チャンスだ。

来た、ストライクゾーン。

角、あの時のお返しを、今ここでこのボールで打ち返してやる。

思いっきり振るとボールは外野まで大きく飛んで行き外野フライになった。

走者はホームまで走った。

一点奪取。

角は
「うわぁー」

と叫んだ。

優美に打ち負けた。最高だよ、優美。

角の目から涙が溢れトオルは立ち尽くしている。

優美は角を見て
〝角ちゃん、やっぱり小学四年の時とは違うね。角ちゃんの球は重くて振り負けてしまう〟

優美は声を出して泣いた。男子には勝てないんだ。

次の打席は、もう無かった。

「お疲れ、打てたね。一点返した。良かった」

「うん、俊のアドバイスだよ」

しかし優美は思った。まだ打席に立ちたい、俊、ホント嫌な事平気で言うね。

もう下がってと言わんばかりの俊に少しイラッと来る。

まだ俊は打席に立って打つ機会がある。

笑顔で送った。

二対三の九回裏、俊が緊張しないよう傍で動かずにいた。

角とトオルは感じていた。

優美と俊の仲を。誰も寄せつけない仲の良さは傍で見ていると恋人のような睦まじさである。

角は意地でも、こいつをアウトにしてやる、とズシッと重いボールを投げ続けた。

俊は三振。

済まなそうにベンチに戻ると優美が

「俊、あんな凄い投球、プロにしか打てないよ。終わったね」

と励ますと
「優美……ごめん」

泣き虫俊になってしまっている。

部員達は、もう野球が終わるんだと思うとボロボロ涙が溢れて止まらない。

優美は美恵子と手を握りお互いを褒め讃え合った。

終了の整列。

「有難うございました」

その時の挨拶は女子も参加していたためテレビの地方版ニュースになった。

母親がテレビ放送を見て言った。

「優美ちゃん、あなた達の良い所は、あのお辞儀ね。見ていてすがすがしい感じ」

野球部を頑張り通した我が娘に賛美の涙が溢(こぼ)れ落ちる。

お母さん有難う、優美のわがままで野球部に入ってしまって。ホントは近所のおばさん達に笑われていたんでしょ、成績も上がらないのに男子学生に混じって野球するなんてって。

「あそこの酒問屋の息子を射止めようとでも思ってんですか?」

そう言われているのを聞いた優美は、

「何言ってんだ、ばばぁ、優美は、あんな小煩い男大っ嫌いだよ。もっとましな事言えないの、えっばばぁ」

そう言い返したかったが、聞こえないよう小さな声でつぶやいただけだった。

第三章

第四章

学校では授業の遅れを取り戻そうと必死であった。

数学の時間、分からない時は、後(うしろ)の星野君のノートを見る。教育実習生の男性教師の説明が分かりづらい。

「……であるから、この公式に当てはめるとアンサーがでますね。皆出来た？」

えっアンサーってそれなの？

後ろの星野君違うけど。だから優美も違うアンサーで。

星野君ってホラ、成績優秀だからアンサーは星野君の答えでいいんじゃないの？

教育実習に来たんだったら星野君に合わせてよ。優秀な星野君に。そう思うと、出来るだけ甘えた可愛いいい声で言った。

「あのね、先生。私そのアンサーじゃなくて別のアンサーになってしまったの」

クラスのみんなは、また優美が猫なで声で言い出して来たと、クスクス笑い出した。

優美は続けた。

「そのぉ、最初はね。黒板に書いてあるアンサーと同じだったたんだけどね。後ろの星野君を見たらね、別のアンサーだったたから星野君のアンサーを書いちゃった。間違いなのぉ？　星野君ってホラ、優秀でしょ。だからどうなのかなぁって思っちゃったわけ」

男性教師は、じっと耳を傾け我慢して聞いていたが、星野君の席にすっ飛んで行った。

クラスのみんなは、こらえ切れず爆笑してしまった。みんなが言う。

「優美、自分が悪いんじゃん。出来ないのはあんた！」

「星野君は優秀なんだから星野君を馬鹿に出来ないよね。めったに間違わないのに、めずらしいね。彼女と手紙の交換していて忙しいのかな？　あっごめん。みんなにバレてしまったね」

星野君は、はずかしそうにうつ向いてしまった。

その教育実習生は、このクラスには、二度と来る事は無かったのである。

英語は好きである。

弁論大会に出場したいと思うのに、先生はトップの生徒を選ぶ。

絶対自分の方が発音も読み方も上手いと思うのだが、クラスのみんなは、トップの子が上手いから引っ込んでいろと言う。

国語は絶対好きである。

テストも上位で良く発表もするが通知表に五の評価は無い。

先生に不思議な事があると質問してみた。

「そうね、優美さんは手を挙げて発表してくれますが、あんまり正解の答えじゃなかったね。今度頑張ってください」

そんなの、おかしいと優美は思う。

「えっ、あの時先生は、そうですね。そういう考えもありますねって言っておいて嘘だったんですか、あれは」

先生の不誠実さを感じる。

担任の岡田先生は言う。

「君は家庭科が中々良いね。家政科に行ってデザイナーとかの道もあるね」

「ああ、あの作品は全部母の作品です。学校で出来なくて家へ持って帰って母に頼みました。母が一生懸命仕上げたのですが、失敗です。母と喧嘩しちゃったんです。こんなに上手く仕上げたら私のじゃないよ。下手に仕上げてって言ったのに、完璧なんです。母がやると。参っちゃいました。通知表に五があって」

先生は驚きを隠せない。進路の話し合いは続いていく。

「私、工業高校へ行ってまた野球したいんですが、どう思いますか、先生」

「うん、まあそれでも良いけれど数学がちょっとね、どちらかというと女子高の方が入りやすいぞ」

微妙な言葉の気使いがきつい。

卒業式が終わった俊が優美の傍に来て

「どこの学校に行っても頑張ろうな。俺、高校卒業したら優美を迎えに行くよ」

優美は信じられないといった顔をした。

「私、短大に行きたいから無理。迎えに来ても君とは一緒には、なれない」

俊は驚く。

「えっ一緒にって、結婚の事？　ごめん、まだ多分そんな事考えられないよ。いや、高校卒業したら一緒に打ち上げに行こうと思って。野球部のみんなが打ち上げする時は、みんな集まってて言ってたから」

全く、女の子に恥をかかせるんだから。

こいつの嫁になんか絶対なってやんないから。

そう心に誓ったのだが……。

優美は高校卒業後、東京の短大へ進んだ。

大都会は優美を寄せつけない。

疲れるのである都会は。

何をしても何処へ行っても自分という人間が小さくて、主張しないと見えなくなりそうだ。

男子学生と飲み会に行ってもつまらない。

取りあえず一人の男性とデートをしてみた。

青山へ行って歩いて神田に行って書店を回って古本屋に立ち寄ったりドリンクバーで軽くビールを飲んでおしゃべりする。

誰かが男の子と歩いていると楽しいって言ってたけど、私はつまらない。

次のデートは映画を見た。映画の次はコーヒーを飲んで、ちょっとおしゃべりをして「フフフ」

と笑ったり、

「じゃあ、またね」

　と挨拶をして別れる。

　これがデートなのか。お金がかかる。

　そこでデートに誘われないようにアルバイトをし始めた。

　相手は彼と呼べる程、親しい間柄では無いが、電話がかかってくる事はある。

「あっ優美ちゃん俺、今度日曜日逢わない？」

「ごめん、バイト始めちゃって、少しお金貯めようかなと思ってるし、試験勉強もあって単位落としたら嫌だから、逢えそうも無いの。ごめんなさい」

　意味のない事は、しない主義なのでと言いたかったが、つれない言葉で別れてしまう。相手には悪いと思うのだが、何故かつまらないから仕方が無い。

　別に俊に逢いたい訳ではない。

　でも淋しい。

　あいつの泣き顔と本気じゃない言葉がなつかしい。友達として自分と向き合う俊。

野球のチームメイトとして見てくれる。

絶対恋愛の対象とは、ならない。

けれど声が聞きたいし、笑顔が見たい。

彼とは一緒に映画を見る事もコーヒーを飲む事も無かった。

意味の無い散歩みたいなデートを俊とすると楽しいのかな。

郷里に帰っても電話なんて来ない。

高校卒業しても迎えになんか来なかった。

同期の友達が言っていた。

「俊君って野球部で優美と一緒だったよね。なんか町でね、女の子とコーヒー飲んでたってよ。凄く楽しげで声かけるのためらっちゃったって言ってた」

優美は薄笑いをし言った。

「良かったじゃない。あの泣き虫俊に、彼女が出来たんだ」

優美の心中をキュッと冷たい風が吹き抜けて行く。

夏休みに野球部の連中と会う事になった、

俊と会ってしまうと心の中を見すかされそうでためらったが、会いたい気持ちが先立って何も考えずみんなと会う事にした。

夕方五時待ち合わせは居酒屋「次郎」。

女子達もみんな集まった。

おっくが声高に発表する。

「悦中と敏和があの茶店でデートしてたって云うし美恵子は先輩と出来てるし、優美はどう？向こうに彼はいるの？」

「ああ、ま一人くらいはね。私、こっちに帰るから向こうでデートしても別れちゃうかな」

俊が優美の顔を見つめて聞く。

「お前を好きになる彼って、どんな人？　手、繋(つな)いだ？　それ以上は？」

「私はね、清く正しくがモットーでね。バイトしているから断る事が多い」

美恵子が俊を睨んで

「俊、こっちであの子とデートしてたでしょ。田舎だから目に付くのよ。あの子と結婚するの？」

「ああ今付き合っているよ。とても優しくて可愛い。女の子って感じ、でも神奈川の大学だから逢うといっても夏休みとか冬休みくらいだから、どうなるかなぁ」

　優美はサワーをグッと飲み
「俊、女の子を泣かせたらキャッチボールしてあげないよ」

　そう言ってみんなを笑わせみんなと別れた。俊は優美の傍を離れなかった。酔っていると思ったのか送って行くと言い出した。帰り道俊に事情を尋ねると
「うーん、中学生の頃手紙もらったんだ。良かったら交換日記しませんかって。一個下の子で悩みとか友達の事が書いていると楽しくてね。待ち遠しくなる」

「結婚するの？」

　と俊の顔を見ると俊も優美を見つめた。

「優美は俺と一緒になる気なんてないだろ？」

　優美は怒った。

「なに、天びんにかけるの？　だから俊は、いい加減なんだよ。こっちが駄目ならそっちがあるみたいな気持ちやめなよ」

「天びんなんてそんな事ないよ。優美の気持ちを聞いているんだよ。自分は中学一年の時から優

美だったんだ。野球を頑張って三年間必死になってたでしょ。声かけると怒鳴られそうで愛とか恋とかそんな面倒な事やってられないって言われそうだったからな」

「私はね、東京へ行って俊に逢いたいと思って泣いたんだ。いつも私の傍にいてくれたから分からなかった。向こうで知り合った人と一度はデートしたけど二度目は面倒で逢いたいと思わなかった。なんで男の子に興味がわかないか、分からなくって」

　さらに続ける。

「俊に付き合ってる人がいるって聞いた時なんか心の中をキュッと風が吹き抜けて淋しいというかどうしたらいいんだろうって馬鹿みたいに本気で悩んでいる自分がいたんだけど諦めた方が良さそうだね」

　俊の顔を見つめてニコッと笑った。

「いや、諦めなくていいよ。俺もさっき優美が東京でデートしているって聞いて嫉妬しちゃった。だから彼女に、はっきり伝える。ずっと優美を好きでお互いに近すぎて分からなかったからって」

　それからというもの二人は大学に戻っても一緒にデートをし、アルバイトをし幸せな一時(ひととき)を過ごしていた。俊が卒業するまで東京で待っているつもりだった。

「優美、申し訳ない。俺、法科試験を受けたいんだ。何年かかるか分からない試験でね。十年過ぎても、まだ合格出来ずに結婚もしない人が、ざらにいる。待たせるわけに行かないし合格出来るかどうかも分からない、だからごめん、勉強があるんでね、逢えなくなる」

そうまで言われて待っていると言ったら俊を焦らせて不合格にさせてしまうかもしれない。

つまり邪魔なのだろう。あの子と本当に別れたんじゃないんじゃないのと聞きたくもなる。

でも強がりを言った。

「凄いね。泣き虫俊が強く見える。私もやりたい仕事がある。お互い二度と逢えないと思って別れるのね」

プラトニックラブというものは都合良く出来ている。いつでも自分に都合が悪くなるとすぐ別れられる。

優美は俊を愛して止まない。

だから俊の言う通りにする。

「じゃあ」

二人は、東京駅の人混みの中、右と左に別れた。

俊は立ち止まって後ろを振り返った。
もう優美の姿は見えない。
優美は小走りに走ってその場を立ち去った。

第五章

あれから五年の歳月が過ぎた。

地元のデパートの食品売り場で職を得たがなんか違うような気がして日々働き方を変えようか考えている優美がいる。

でも楽しい。発注をし売れるとおもしろい。彼氏も出来た。

結婚を諦めて一生独身という生き方でも構わないと思っている。彼氏は好きだが、好きになると逃げられるような気もする。

「私、結婚しようかなと思うのですが、あなたは、いかがですか、私じゃ駄目？」

そう思いきって聞いてみると

「はあ、まだ二十二歳の身、お金もないし仕事も始めたばっかりですからね」

こいつは優柔不断で私の結婚相手には、ならない。

無理、無理。

それからまた五年の歳月が過ぎて優美は、二十八となり、婚期も過ぎようとしていた。

両親が焦って言った。

「お見合いしてみたらどう？　相手の方は銀行員で、とても優しそうな方よ」

「そうね。お見合いしてみてもいいわよ」

軽く返事をしてお見合いをすると、さすがに相手は真面目。

ドライブに誘われて車に乗ると、なかなか楽で景色も良く、海沿いなんかを走ると、とても気持ちが良い。もうそれだけでいい。彼は、いらない。

相手から返事を聞きたいと言ってきたが、まだ付き合って浅いのに返事なんか出せない。十年近くキャッチボールをして顔を合わせた俊には、打てない俊を慰め、泣かずに頑張るよう傍にいてあげた。

苦労したのだ。

一ヶ月も過ぎない内に、また返事をくれと言われ、この人の短気さに嫌けがさした。

銀行員だからいくらでもお相手は見つかる。優美は決意して伝えた。

「すみませんが私の気持ちは別の方にあるみたいで、以前から友達として会ってた人を忘れられません。物事のけじめは、はっきりお伝えした方がいいと思いましたので」

そう伝えると、そのお見合いの相手は、いきなり優美のホッペタをパシッと平手打ちした。

「私の気持ちは、今あなたが痛いと思った痛みと同じです」

そう言い帰ろうとした。

優美はその相手に言葉を投げつけた。

「あなたのような暴力男は今まで付き合って来た男性の中には、いないわ。一緒になったらあなた暴力振るうんですね。今分かって良かった。あなたとは絶対結婚しません。あしからず」

そう言って
「早く消えろ暴力男」

と大声で押し返した。

お見合いというものは、恐ろしいものだという認識に目ざめた優美は、二度とお見合いの話をしないよう両親に念を押した。

娘が三十歳になると、両親はますます焦り出してしまった。近頃では喧嘩になってしまい話にならない。

優美は車を運転しあちこち走らせるのだが、俊の店の前を通ってしまう。

俊、勉強してるんだろうな。

一度と言わず二度も諦めた人なのに傍にいて欲しいと思うと、たまらない。

いつも励ましてくれた。千本ノックを受けている時は下を向いて泣いてくれていた。

重い荷物を運ぶ運び屋の時は、そっと代わってくれた。

近くの店に入ってコーヒーを飲んでいると、入って来て

「やあ、優美」

と言ってくれるかもしれない。車から降りて喫茶店に入って行くと男女二人が楽しそうに話している。

店のオーナーが不思議そうに優美を見て

「何になさいますか？」

「コーヒー」

と答えたが、ここから立ち去りたいと思った。急いで飲み干して外へ出た。俊が見ているような気がした。

店の前を通り過ぎようとした時

「あっ」

と叫んだ。どこかで見た事のある人が外に空ビンケースを運んでいる。

腰も曲がって、もう六十歳を過ぎているようだ。

あれは、茂美叔父ちゃんだ。

四、五歳の時会った事がある。

叔父ちゃんのあぐらに座ると気持ちが良くて寝てしまう。優しくて大きくていつもニコニコ顔の叔父ちゃん。

俊の家で働いていたんだ。

しかもあんな重い一ダースケースを運ぶ仕事。

腰を曲げて脇目も振らずに一生懸命働いている。優美は言葉にならず、ただひたすら車を運転し続けた。

後から後から涙が溢(こぼ)れる。

誰も知らせてくれなかった。俊の店に奉公に来てずっと働いていたなんて。

「早くしてよ。これ詰み終わらないとお店から苦情が来てしまう」

俊の母親が茂美に命令すると

「はい」

と従う。

もっと抵抗したらいいのに。

もっと反抗したらいいのに、そう叫びたかった。なんならあなたも一緒に運んだらどう？

俊は分かっていたんだ、優美が茂美の姪だという事。

おそらく法科試験に合格しても自分のところには、もう来ない、そう思った。

高校時代父方の祖父が亡くなり葬儀に行った事がある。

父方の親戚の中に茂美の代わりに奉公先の息子さん二人が来ていると言っていた。

その一人が俊だったんだ。

優美が入ると一人立ち上がってその場を去って行ったのは俊で優美に気使いしたのだろう。

でも余計な事である。

立派に働いている叔父なんだから。

優美は今まで知らなかった事を悔やんでいた。

知っていたら俊から離れた所にいる。

好きになんかならない。いつ知ったんだろう。俊に会って聞きたい。

優美は家に帰り父親に聞いてみた。

「ああ、茂美は酒問屋で働いている。キツい仕事のようだけど、あそこの旦那さんがいい人でね。学校に行かせて貰ったりしたもんで、いまだにあそこで働いているよ」

優美は見た事を話した。

「車の中から偶然見てしまったんだけど、重そうな一ダースケースを外に出していてね。遅いとおばさんみたいな人が、早くしなさいよと怒ったみたいに言ってたから、見ていて辛くて、そのおばさんを睨んで来た。だって腰が曲がっているのに早くだなんて酷いんだもの」

父は泣いてしまった。

優美は考えに考え抜いたその結果、俊の店に奉公に行く事を決意した。両親は反対したがもう我慢出来ず家を飛び出し酒問屋の門を潜（くぐ）った。

面接担当の京子に、優美は告げた。

「私がこちらで働かせて頂こうと思ったのは一ダースケースを運んでいる方達が少しお年を召していらっしゃるようで、そうすると若手が必要かと思われ、そこで私が参りました。ぜひ雇ってもらえませんか？」

　優美がそう言うと京子は訝(いぶか)しげに

「うーん、確かにそうですが、あなたは、お嬢さんです。無理でしょ？　一ダースケースを運ぶ事なんて。レジと事務をね、やってみて頂きたいわ」

「はい、それもいたします。おじさん達と一緒の仕事もしたいのです。私を奉公人として雇ってください」

「はぁー」

　京子は、あっけに取られた。

「ま、いいですけれどやってみる？」

　その次の日から優美は奉公人としてお世話になる事になった。

　毎日一ダースケースを外へ運び車に積み、空のビンを集めて戻ってくる。

　朝は自分達の食事の仕度(したく)をするので、ゆっくり休んでいる暇はない。一週間過ぎると一ダースケースを持てなくなる。腰痛というよりギックリ腰になってしまったようである。

トイレへは這(は)いずって行き食事も作れず仕事は、もちろん出来ない。茂美と光一が家まで送るからと優美を車に乗せた。二人は口を揃えて

「もう辞めた方がいいよ」

と言う。

「駄目、辞めない。絶対辞めない。待っててよ。戻って来るからね」

自分の不甲斐なさに辟易し茂美の姪である事を告げずにいたい優美は、家の方向と反対の方へ運んでもらいタクシーで帰った。ギックリ腰も良くなると元気に酒問屋へ戻り仕事を始める。

「優美さん、結婚しないの？　こんな辛い仕事若い人も来てくれないし、出会いも無いしなぁ」

茂美は心配そうに言って来た。優美は笑いながら

「なんかこの頃、辛いと思わないのよ。楽しいよ。飲み屋さんに行くと今夜飲みにおいでよって声かけられるし、ビン運ぶのも慣れて来たもん」

茂美と光一は一生独身でこの仕事をする気の優美に対して心配と有難さが入り混じり涙ぐんでしまう。

「さあ、お昼の食事作らなきゃね」

優美が張り切って二人に伝え店に行くと俊がいる。

怪訝(けげん)な顔で
「優美、なんで家で働いてるの？　そこまでして俺に逢いに来たの？」

そんな風に仏頂面で言われる事を覚悟していた優美は、

「ごめん、俊に逢いたくて働かせてもらっている。駄目かな？」

準備していた言葉をやっと言えた。本当の事を言えず隠しているのは辛いものである。

俊の隣りには、理絵という交換日記をしていた女性が立っていた。

別れると言っていた女性である。

「働くのは勝手だけど、俺も勉強と仕事があるし彼女がまた付き合いたいと言って来てるから」

俊は下を向いて困っているようだ。

「うん、いいのよ私は私。気にしなくていいよ。働くのが楽しい」

気持ちが沈まぬよう落ち着かせる自分がいる。

「さあ、これバー・いずみに持って行かないと怒られるね。茂美さん一緒に行こう」

車に乗り込むと茂美がためらいがちに聞いてきた。

「優美さん、俊さんの彼女だったの？　辛い事一杯あるね。この仕事も重いし体壊してしまうし辞めていいんだよ」

「ううん、違うんだよ。ホラ向こうに恋人がいるもん。私とは勉強の邪魔になるから別れようってそう言ったのよ、俊は」

夜は、みんな部屋に戻り早く休む事にしている。俊が優美を呼んだ。

理絵とは付き合っていない、あの子が優美を店の前で見て、自分との関係を聞いて来たと話をし始めた。店で働き始めて男性に混じって一ダースケースを運んでいると聞いたらしく、驚いたらしい。優美も実は、と話し始めた。

「茂美さんは私の叔父さんなの、父の弟。車を走らせているうちに俊を見たくなって手伝いでもしているのかと思ってチラッと見たら叔父ちゃんが腰を曲げて一ダースケースを運んでいて、早くして！　って命令されていたのよ。それでつい、お前が一緒に運んだら早く出来るよって怒鳴ってしまったの。そしたら、まあなんて女なのって呆れられて。そんな事言い争わず一緒に働いたら叔父ちゃん楽になるかなって思って、ここの門を潜(くぐ)らせてもらってってわけ」

優美は続けた。

「おとなしく仕事続けるからね。迷惑かけませんから。理絵さんって可愛い方ね。心配させちゃってごめんなさい。謝っておいてね、もしかして私のライバル？」

「いや付き合っていないけど、やはり以前デートしたりしたから無下には出来ないから」

理絵と呼び棄てにすると気になる。

俊の慣れ慣れしい人柄が嫌になる。

次の日、俊は荷物を持って挨拶に来た。

家族と従業員、奉公人の前でこう伝えた。

「勉強する事が沢山あってね。本当は兄貴と一緒に店の事をやっていかないといけないと思っていた。でも親父が店から離れて別の仕事を頑張って行っても罰(ばち)は当たらないだろう、そう言ってくれたもんで、皆(みんな)すまない。体を大事にして働いてください」

と一礼をすると、茂美が

「俊さん、私らに気を使う事なく頑張ってくださいよ。応援してますよ。店に帰って来てくれるなら、それも応援します」

みんなは

「待ってますよ、俊さん」

と口々に言い出した。

俊は優美を見た。

「君の気持ちは、良く分かっているつもりだ。俺は女性を敬遠しないといけないと、ずっと思っていた。俺が一人前になって君がまだ一人だったら結婚を申し込みます。でも好きな人が出来たら結婚してください。俺の事は待たないで、待っちゃいけない」

と、かっこいい事を言って出て行った。

自分に都合の良い合理的な言い方じゃないの。優美は、あっけに取られて言葉を見失なった。

世間は大事件で大変である。

その中に飛び込む弁護士など法曹会の人間達は、名を出さず伴侶を隠し身を守る事に徹していた。

第五章

第六章

それから三年目の冬。

俊が帰って来た。もう立派に資格も取り第一線で働くエリートになって戻って来た。

酒問屋の社長始め従業員達も誇らしげに仕事をする。

ある日俊は優美を食事に誘った。しかも行った事も無いホテルのレストランに。

綾子にお化粧を頼むと、今まで縁の無かったアイシャドウと口紅をほどこしてくれた。

洋服もどれを着て行っていいものか分からない。取りあえず自分の一番好きな白のブラウスとジーンズのズボンを着て、バックは綾子に借りて出かけた。

俊がテーブルを予約し腰かけていた。

「あっこっち」

と手を上げ優美を呼ぶ。

「お待たせ」

そう言って腰かけると何年ぶりのデートだろうと思う。

食事が済み、コーヒーが出る頃合いで俊は言った。

「実は、優美を呼んだのはお礼を言いたくて。こんなキツイ仕事なのに毎日茂美さん達と働いてくれて本当に有難くてね。俺も働き始める事が出来て、今度子供も産まれるんだ。今三ヶ月で秋頃かな、予定日」

知らなかった。全く誰からも一言も教えられなかった。

笑うってどうするんだっけ。

微笑むって、もう出来ないや。

ピエロだね、私。

声を出すと泣いてしまう。

偽善者で慈善者で、失う事の寂しさと知った事への憎しみが体の芯から湧いてくる。

可愛い理絵が羨ましい。

店へ一緒に戻ろうと誘われたが、断った。

戻り際、泣く事を堪えて言った。

「あっ俊さん、今度友達に私の事紹介する時は、奉公人の優美さんですと紹介してください」

恨んではいない。

横手は冬に梵天、かまくらの祭りがある。

優美は毎年茂美と光一と一緒に見物に行く。

「ホラ、梵天を担いでこっちに来るよ。見える？　腰を伸ばして見るのよ。二人共！」

三人で大笑いをし梵天を見送ると、二人は手を合わせて祈り始めた。

「今年も元気に働けますように、優美さんと俊さんが一緒になれますように」

優美は二人の温かい人柄にボロボロ涙が流れてしまった。

とうとう、こらえ切れず茂美に伝えてしまったのである。

「茂美叔父ちゃん、私よ、優美よ、叔父ちゃんのお膝の上に座って眠ってしまったあの優美よ。父の名前は新一、叔父ちゃんの兄貴だよ、私は、姪っ子よ」

茂美は驚いて言葉が出ない。代わりに光一が言った。

「姪っ子かあ、いいね」

三人は泣き出してしまい道を歩いている人達が何事かと思ったのか顔を見ながら素通りして

行く。

茂美は嬉しそうに

「優美ちゃんかぁすっかりいいお嬢さんになって、俺の事を心配して一緒に働いてくれてたんだねェ。もう叔父ちゃんは心配いらないし病気になったら入院すりゃいいだけだ。優美ちゃん、ちゃんと自分の事を考えるんだよ。俊さんと結婚出来なくなるよ。俺と一緒じゃ」

「いいのよ。私は、恋人でも何でもないのよ。叔父ちゃんの姪っ子だよ。佐藤酒問屋の奉公人、山田優美だよ」

梵天が次から次へと通り過ぎる。

「優美じゃないの？　なんだ、まだ売れてないって風の便りで聞いたけど、そうなの？　今から祈願して奉納してくるぞ。いい婿さんが来ますようにってね」

野球部仲間が嬉しい事を言ってくれる。

優美はみんなに

「うん、よろしく頼むよ、それから俊の事も神様によろしくね。安全にって」

ジョヤサー、ジョヤサーと大声で通って行った。

二月末、かまくらの祭りがある。

また茂美と光一を連れて見物に行く。

中に入っている子供達が甘酒を勧めてくれた。

二人は美味しそうに甘酒をすする。

優美は二人に
「飲み過ぎると酔うよ」

と冗談を言うと二人は顔を見合わせて
「えっ甘酒って酔うんだ。そういえば何かこう足元がふらつくような感じになって来たなぁ」

茂美はわざとふらついて見せた。

「もう、二人共手がかかってきた。さあ背筋を伸ばして歩いて帰るよ。いちに、いちに、私に着いて来てよお」

優美の後には腰の曲がった老人が一、二、一、二と行進のように付いてくる。

優美の腰は自分では曲がっていないはずと思っているが町の人が見ると一番先頭の女性も曲がっているのに気付く。

みんな老人達が行進して行くのをクスクス微笑みながら見送っている。

野球部だった仲間は優美の腰が少し曲がっているのに気付き泣き出してしまった。

ショックであった。あの優美が……。

千本ノックを受ける姿、打席に立って気の強さを見せていたあの優美。

もう四十五歳になっていた。

まだ結婚出来る年齢である。少し化粧をすれば、きっと綺麗になるだろう。

後を付いて歩いている老人二人は涙を流していた。町の人達が振り向く。

二人を連れて歩いているようだが三人共老人のようにも見える。哀れに思われているのだろうか。でも仕方の無い事である。

そんな自分が悲しいとかお嬢様が羨ましいとかは思わない。

強がっているわけでもない。

茂美と光一の仲間である事が嬉しい。

子供達が梵天に着いて行く。

自分もそうだった。楽しくてワクワクした。

祭が盛り上がって行くのが好きだった。

店へ着くと、茂美と光一が疲れたようですぐ布団の中に入って眠りに落ちた。

翌朝、茂美が中々起きて来ない。

優美と光一が起こしに行くとぐったりしていた。

「今日は具合が悪い。熱っぽくてね、優美ちゃん、光ちゃん、楽しかったよ。いつも誘ってくれて有難うな。幸せだった」

その夜茂美は救急車で病院へ運ばれた。

秋田の冬は厳しい。

雪が舞い散るという情緒溢れる情景とは程遠く、吹雪で一寸先でも見えなくなる。

吹雪の日は家の中に閉じこもる。

水道管は氷結し、道路は氷点下になるとアイスバーンになり車が滑って危険になる。

光一と優美は毎日の仕事をし始めた。

手が、かじかんで上手く一ダースケースを持つ事が出来ない。手袋をはめても寒い。

みんな無言で働く。

一週間もしないうちに病院から連絡があり、茂美が亡くなったと知らされた。

叔父ちゃんが逝ってしまった。

結婚もせず京子に憧れを抱いたまま茂美は亡くなってしまった。

時の流れは止められない。

ある日光一も朝起きようとして倒れた。

優美は声を出して泣いた。

この仕事で楽しい事嬉しい事って何だろう。光一も家に戻って行った。もう来ては、くれない。

茂美の人柄の良さが町のみんなに伝わっているのだろう。葬式には次から次に「手を合わせたい」と人がやって来る。

俊が慌てて入って来た。

手を合わせ嗚咽している。

「俊さん、もう仕事ばりばりしているって聞いてる。立派になられて嬉しい」

優美は俊の邪魔にならぬよう努めていた。

そして従業員であるという事も認識している。だから一緒になれなかったのか？　誰に聞いたらいいのだろう。

理絵さんが自分より素敵で女性らしく、野球なんかやらず、ピアノとかテニスとかそんな女の子が女の子に見える事一杯していたから俊は惹かれたんだ。

顔？　美しい理絵さんに負けてしまう。

交換日記を自分もしたかった。

俊にたくさん悩みを打ち明けたら楽だったろうな。

女の子が野球をやったら男の子達が嫌がるんだね。全てにおいて面倒だから。

でも、転校生の優美にとって野球は、一人ぼっちにならなくて済む遊びだったから。

私が茂美さんと一緒に働く事も俊は嫌だったんだね。女性は女性の職場で、俊が迎えに来てくれるまで働いていたら一緒になってくれたのかな？　違うね、そうじゃないんだきっと。

優美は奉公人で理絵さんの周りには奉公人になってる人はいないものね。

分かってる。分かってるよ。そんくらい。

俊の気持ち痛い程分かっている。

さあ、また俊の家の店で一ダースケースを運ぶ仕事が待っている。

次の日から優美は副店長として外回りの営業の仕事をするようになった。

一ダースケースは、まだまだ優美の仕事である。若い従業員には、任せておくわけには行かない。腰を痛めてしまう。

三月、まだ寒い。けど暖かい日が少し増えてくる。

四月、雪解けが始まる。道路を歩くと靴の音が聞こえて来る。コツコツ。

小学校の帰り道、朝は凍っていた道路が帰りには日が照って融け靴の音がする。コツコツ。

その音が聞こえるようになると嬉しくて道路の日だまり目がけて歩いて行く。

一ダースケースを店の外へ出していると
「優美じゃない」

そう声をかけて来る男性がいた。

「はい、私が優美です」

その男性の顔を見ると、親父っぽい男が立っている。

「優美、俺だよ、角だよ、分かる?」

「えっ角ちゃんなの？　随分親父顔になったね」

二人は大笑いした。

「優美、腰が曲がっているみたいだけど大丈夫なの？」

「うん、腰が曲がってくるよ、この仕事」

角は聞いてきた。

「ここの人と一緒になったの？　子供は？」

矢継ぎ早に聞いて来る。

「ここで働いているのよ。私。結婚もしていない」

角は優美の仕事が終わったら話があるので、ここへ来てと誘って来た。

佐藤酒問屋が卸している居酒屋である。

優美がのれんを潜る(くぐ)と

「あー、優美さん、めずらしいわね。いらっしゃい」

そう店長が嬉しげにニコニコ顔で挨拶してくれる。

「優美、こっちこっち」

手を振って角が呼んでくれる。

「あっ角ちゃん待たせちゃって、ごめん」

はち切れんばかりの笑顔で角に近付いていく。

もう二人は四十五歳であり角に妻がいても優美に恋人がいても気にする年でもない。

「お化粧も下手でしてないし服装もジーパンくらいしかなくて、もっと女らしくすれば結婚も出来たかも。こんなずぼらな私を誘ってくれてありがとう」

角は微笑んで応える。

「うーん、その方がいいな、俺」

角は今までの事を話しはじめた。

自分はラーメン屋の跡取り息子である事。でも今、小学校の教師をしている。教師を辞めたら店を引き継ごうと思っている。

親は自分のやりたい事を十分したら店に入ったらいいと言ってくれている。そして教師になって子供達と一緒に草野球をしている事。中学の試合では自分達の中学が勝ったけど、優美に打たれて嬉しくて奇声を上げてしまった事。

優美は、あの時意地でも打ってやろうと意気込んだと告げ、でも角のあの重い速球は凄いと褒め称えた。

角は、あの時の自分達の草野球が忘れられなくて小学生と一緒に遊んでいる。

そこでリーダーの男の子がいて教師の身だけどその子の言う通りにする事、みんな自分に「走れ、もっと速く」とか「たまには打ってよ」と文句を言って来るなどと話し続ける。

「今度休みの日に、自分達の草野球を見に来ないか。女の子も入っているんだ。優美のように全然出来なかった子が上手くなって行く姿を目の当たりにすると君を想い出してしまう」

「うわー。角ちゃんらしいな。見たい。ぜひ見たい。休みの日行くね」

その日、角の勤めている学校のグランドに優美が立っていた。放課後、一人また一人ランドセルを放り投げ入って来る。

もうグランドの周りも雪が融け土が見え始めている。女の子達が入れてと叫んで入ってくると
「じゃ、お前外野」

そう言われると髪の毛を三つ編みにした女の子が、こっくり頷き外野へ走っていく。

優美はボロボロ涙が流れてくる。あの時の自分だ。野球なんか出来ないのに、みんな入れて

くれた、あの風景が甦って来る。

レッツ草野球、
追いかけっこする子供達。

外野からずっと前へ出て二塁を守っている子と一緒に捕まえに行く子。

ファールでもアウトにしちゃうピッチャー。

優美と角は、可笑しくてたまらない。

「駄目だよ、外野から来るな」そう叫ばれて「うるさいなぁ、じゃあ、ここにもボール飛ばしてよ。暇だからさ」と言い返す。

さっきの三つ編みの女の子である。

「あの子全然出来なかったんだ。それで放課後、少し特訓をしたら上手くボールをキャッチ出来るようになってね、自信がついたんだろうな」

と嬉しくてたまらない表情をする。

その日、草野球が終わって角が優美に近付いて来た。

「良かったら、これからもずっと俺の傍にいて欲しい。俺まだ独身で優美どうしているかなって考えると結婚出来なくて」

優美が応えた。

「角ちゃん、ありがとう。私腰曲がっちゃって、町の人達みんな年寄りだと思っているらしいの。少しずつ腰を治して行く。若くてお洒落れも出来る、それで綺麗な女になって行く」

このグランドで二人の会話は鳴り響く。

「ありがとう、優美これからもよろしく」

「角ちゃん、待ってろよ。世界で一番美しい女性になってあなたの元へ行く！」

END

第六章

あとがき

東北の寒さは厳しく春先の雪解けを大人から子供、お年寄りと多くの人が待ちわびています。

雪の多い町では水神様に手を合わせて今年も無事に過ごせるよう祭り事をします。

この物語は作者である私が経験して得た事を元に書きおろしました。

雪を遊び相手にし野球で根性を叩き込まれたのです。

戦争が終わると人々は闇雲（やみくも）に働き始めました。子供と遊んだり、休みには子供の為に何かするといった事はほとんどありませんでした。

大人達のこういった姿を見て、子供達はリーダーを作りスターを見て憧れ、リーダーに従う世界を、大人の入れない世界を作っていったのです。

厳しいですよ。とっても。

でも誰かが勇気づけてくれて、誰かが仲間はずれを治めてくれるのです。

今の日本は、こういった人達が作って来たのでしょう。

学歴のある人と学歴をそんなに大事な事と思わず資格を取り働いている人、そして貧富の差がこの日本を作り上げて行ったと思うのです。

いつの時代も幸せは、この差を取り除いてこそ生まれて来ると思います。

大切な事は優しい気持ちだと私は思います。

優々

解説

A文学会

英語で「雪解け」を意味する本作は、終戦後まもなく生家を離れ奉公に出る男の子の視点で始まる。成績はよかったのだが家庭の事情で進学がかなわず、それでも腐ることなく前を向き、仕事場に馴染もうと励む。奉公先の酒問屋で、重いケースと日々格闘し、身長の伸びに悪影響が出てしまった男の子は、仲の良い同期の少年とともに、雇用主の娘たちに振り回されたり、その一人が引き起こす大きな醜聞に直面したりしながら、一度だけの思春期を勤労とつましい学習に費やす。

だが、男の子はこの物語の主人公ではないのだ。次世代の子供、彼の兄の娘・優美が主人公だ。末っ子の彼女は、二人の優秀な姉たちに比べ、のんびり屋というには図太さが足りず、少しわがままでありながら内弁慶。とはいえ行動力がないわけではない。寂しい思いをさせた大人たちに対しては、ふてくされて思い切り報復に出る。そんな彼女が、持ち前の内に秘めた行動力を思い切り発揮する日が訪れる。ある日出会った草野球にのめり込み、男の子たちが主体のチームに飛び込んでいくのだ。特に運動神経に恵まれているわけでもなさそうな優美の、唐突とも言えそうな決断。彼女の勇気はやがて周囲の女の子達にも波及し、戸惑いながら受け入れていた男の子達をも変えていく。

この鮮やかな作品の方向性転換は、おそらく何の作為もなく行われたのだろう。本を読むときは、最初の一ページを開いたときから、どんな展開が待っているのか無意識に想像してしまうものだが、これを予想できる読者はほとんどいないのではないか。

草野球の描写がまたいい。ボールがなかなか来ない外野で、優美たちはひたすら中腰で構えたり「さっこーい」などと声を出したりする代わりに、追いかけっこをはじめる。この「追いかけっこ野球」が彼女が所属するチームの持ち味だ。楽しい。けれど、野球の練習にはあまりならない。当然ながら、試合では負けてしまう。

このときの子供たちの反応が印象的だ。勝ちたいから女の子をはずそうと提案するチームメートに対し、リーダーが言う。「俺、遊びでいいから女の子達も入れたいし、負けたのは女の子のせいじゃないよ」。勝利はスポーツの大きな目標であるし、ひたすら勝利をめざしてがんばるのもありだ。ただ、チームスポーツの意義はそれだけではないことを、このリーダーはすでにわかっているのだ。

優美は中学校に進学しても野球部に入部する。小学校時代より確実に肉体能力があがっているチーム、男の子たちばかりのチームに、それでも入ろうとする彼女の行動力に驚嘆する。「あの、家族に置いていかれて泣き叫び、祖母を困らせていた小さな子供はどこにいったのだ」と感慨深くなる。

優美は強くなった。だが、少女から若い女性になるにつれて、当たり前だが人生はどんどん複雑になる。寂しい思いをした東京時代や、特別に親しかった元チームメート・俊との距離を縮めることができないころの、優美の心情描写は切ない。「なぜ、人生は野球部が終わっても続くのだろう」と彼女は思ったのではないか。

だがどんなときも、いい加減な俊に傷ついたときも、重労働により若くして腰が曲がってしまったときも、野球をやっていたころの彼女が優美の根底にある。そのことが明瞭に示されるラストシーンの、なんと鮮やかなことか。

優美の行動は純粋だがときに愚直で、「なんでそこまでやるのだろう」と言いたくなる。けれど、どんな人にもその人なりの「なんでそこまで」はある。その事実を思い出させてくれる作品だ。

著者プロフィール
河村　優々（かわむら　ゆゆ）

ケアワーカー・アーティスト
2021 年 『空には涙桜が』（文芸社） 出版

snow thaw

2021 年 9 月 1 日　第 1 刷発行

著　者　河村　優々
発行社　A 文学会
発行所　A 文学会
〒 181-0015　東京都三鷹市大沢 1-17-3（編集・販売）
〒 105-0013　東京港区浜松町 2-2-15-2F
電話 050-3333-9380（販売）FAX　0422-31-8164
E-mail：info@abungakukai.com

ISBN978-4-9911311-2-7